La licorne des neiges

COLLECTION
PAPILLON

La publication de cet ouvrage a été rendue possible grâce aux subventions à l'édition du Conseil des Arts du Canada et du ministère de la Culture du Québec.

Données de catalogage avant publication (Canada)

D'Astous, Claude

La licorne des neiges

(Collection Papillon ; 29).
Pour les jeunes.

ISBN 2-89051-522-2

I. Thiffaut, Jocelyne et Lacasse, Diane. II. Titre.
III. Collection : Collection Papillon (Éditions P.
Tisseyre); 29

PS8557.A614L52 1993   jC843'.54 C93-096508-6
PS9557.A614L52 1993
PZ23.D37Li 1993

Dépôt légal : 3ᵉ trimestre 1993
Bibliothèque nationale du Canada
Bibliothèque nationale du Québec

Illustration de la couverture
et illustrations intérieures :
Jocelyne Thiffaut
et Diane Lacasse

La licorne des neiges

roman

Claude D'astous

ÉDITIONS PIERRE TISSEYRE
5757, rue Cypihot — Ville Saint-Laurent, H4S 1X4

1

Les visions de grand-papa

Depuis deux jours, madame Georgette Perreault se démenait dans la cuisine. Nous étions l'avant-veille de Noël et, comme chaque année, grand-maman Perreault se préparait à recevoir dignement son monde: tartes, gâteaux, tourtières, dinde, jambon, ragoût de boulettes, amuse-gueule, soupes, vins, friandises... Georgette Perreault s'affairait comme jamais. De temps en temps, elle se retournait et regardait par une des fenêtres du salon. Chaque fois, elle paraissait un peu déçue et revenait à ses fourneaux.

Monsieur Paul Perreault monta du sous-sol. Il jeta un coup d'œil vers la cuisine.

— Georgette, dit-il, Isabelle est-elle arrivée?

Madame Perreault tourna machinalement son regard vers la route. Elle ne vit aucun autobus.

— Elle ne devrait pas tarder, dit-elle. La neige a sûrement ralenti l'autobus.

Isabelle avait douze ans et fêtait toujours Noël chez ses grands-parents paternels. Cette année, l'autobus de Montréal devait la déposer en face de leur maison à Gentilly, un village de la rive sud du Saint-Laurent, à une trentaine de kilomètres de Trois-Rivières.

Monsieur Perreault s'installa à une fenêtre pour guetter l'autobus. De gros flocons de neige tombaient lentement sur le sol blanc. Cette année, Noël s'annonçait particulièrement beau. Il y avait déjà plus d'un mètre de neige.

Beaucoup plus que les dix derniers hivers! Bien des enfants n'avaient jamais vu tant de neige et de nombreux adultes ne se souvenaient pas d'hivers si rudes. En fait, selon les statistiques, aucune personne vivante n'avait connu d'hivers aussi précoces et aussi froids. Le coupable, d'après les météorologues, était un volcan d'Asie entré en éruption un an plus tôt. Monsieur Perreault sourit à cette idée. Qu'un volcan situé aux confins du monde puisse être responsable d'un hiver rigoureux au Québec lui plaisait beaucoup. Il aimait les choses étranges, un peu insolites.

Du mouvement sur la route le sortit de sa rêverie.

— Georgette! Voilà l'autobus!

Aussitôt madame Perreault délaissa ses chaudrons et se lava les mains. Elle souriait. La visite d'Isabelle était toujours pour elle un événement très attendu. Elle aimait beaucoup sa petite-fille. Elle l'aimait d'autant plus que la jeune fille n'avait pas eu la vie facile.

Isabelle était une enfant du siècle, une enfant de ce monde bizarre qui avait tourné le dos aux valeurs anciennes si chères à madame Perreault.

Enfant d'un divorce, la jeune fille vivait chez sa mère qui était décoratrice. Quant à son père, il donnait rarement signe de vie. Il devait être quelque part en Europe occupé à installer des ordinateurs, à moins qu'il ne soit en Afrique, en Australie ou en Chine.

L'autobus s'arrêta quelques instants et repartit, laissant une jeune fille chargée d'un havresac. Isabelle vit ses grands-parents et leur fit signe de la main. Madame Perreault répondit aussitôt; monsieur Perreault se contenta de sourire.

Grande, élancée, toujours habillée avec une touche de fantaisie, Isabelle avait les cheveux noirs et touffus, le teint pâle et un regard secret. De nature romantique et un peu renfermée, elle vivait le plus souvent en solitaire. Elle aimait rester seule dans sa chambre avec un bon livre ou la cassette d'un groupe rock.

Des illustrations de licornes tapissaient les murs de sa chambre. Il y en avait de toutes sortes. De grandes licornes blanches qui se promenaient d'un air altier dans des forêts enchantées, des licornes phosphorescentes qui se découpaient sur un horizon

étoilé, des licornes ailées qui s'envo-
laient vers la lune ou le soleil. À
l'exception de deux images où l'on
voyait la licorne accompagnée d'une
princesse médiévale richement parée,
cette créature de légende semblait se
complaire dans la solitude, un peu
comme la jeune fille qui en avait fait
son animal fétiche.

Pénétrer dans la chambre de la jeune
fille n'était pas chose facile. Isabelle n'y
invitait personne, car sa chambre était
un havre, un refuge, un endroit secret
où elle pouvait rêver d'un monde plus
humain, un monde plein d'amour où
les gens seraient tous amis.

Après avoir embrassé ses grands-
parents, Isabelle avala un bol de soupe.
Le voyage l'avait fatiguée. Elle s'informa
de ses oncles et de ses tantes et finit
par aborder le pénible sujet de l'école.
Isabelle n'aimait pas l'école et ses ré-
sultats en témoignaient. C'est alors
que son grand-père bondit de son siège
et se précipita vers une fenêtre de la
cuisine qui donnait sur le fleuve.

— Je l'ai vue, dit-il. Elle vient juste
de passer devant l'épinette là-bas!

Du doigt, il désignait un bout de
terrain entre le ruisseau et les vestiges

d'une clôture. Interloquée, Isabelle regarda sa grand-mère.

— Ton grand-père, expliqua-t-elle, croit avoir vu une vache dans le champ.

— Une vache? s'étonna Isabelle.

— Oui, une vache! confirma monsieur Perreault. Cela fait trois ou quatre fois que je la vois. Mais ta grand-mère ne l'a jamais vue et s'imagine que j'ai la berlue.

Intriguée, Isabelle se leva de table et s'approcha de la fenêtre. De ses yeux perçants, elle chercha la vache à travers les épinettes.

La maison des grands-parents Perreault dominait un terrain d'une trentaine d'arpents qui courait vers le fleuve. Une dizaine d'années plus tôt, ils y avaient fait planter des milliers d'épinettes. Les arbres atteignaient aujourd'hui trois à quatre mètres.

— Je ne vois rien, dit Isabelle.

— Il n'y a rien à voir! approuva grand-maman Perreault.

— C'est une véritable forêt en bas, plaida son mari. Les arbres ont deux à trois fois ma hauteur. On n'y verrait pas un troupeau de vaches.

— Un troupeau! ironisa madame Perreault. N'exagères-tu pas un peu?

Monsieur Perreault sourit. Il aimait bien exagérer. À dire vrai, cette vache mystérieuse venait mettre un peu de piquant dans son train-train quotidien.

— S'il y a une vache dans ce champ, proposa Isabelle, elle doit sûrement laisser des traces. Il suffirait d'aller voir.

Le grand-père fixa sa petite-fille d'un air étonné. À cause du froid et de la neige, il n'avait jamais envisagé d'aller traquer la vache. Jusqu'ici, sa chasse se résumait à scruter longuement le champ avec ses jumelles: dès qu'il croyait la voir, il appelait sa femme. Chaque fois, madame Perreault avait à peine le temps de prendre les jumelles que l'animal avait disparu.

— Ma foi, approuva monsieur Perreault, tu as parfaitement raison. Il suffit d'aller voir.

— Voyons Paul! protesta aussitôt sa femme. Tu n'as pas l'intention de sortir par cette neige et ce froid! Tu risques d'attraper le rhume ou la grippe. Et qui sait, une pneumonie! Et puis, tu n'as pas de raquettes; tu vas enfoncer dans la neige, t'essouffler et... vlan! Une autre crise cardiaque! Non! Il n'est pas question de te tuer à poursuivre une créature imaginaire.

Les protestations de madame Perreault suffirent à convaincre son mari de la nécessité de sortir. Il allait partir à l'aventure, affronter les pires dangers et revenir avec des preuves irréfutables de la présence d'une vache dans la vaste plantation d'épinettes qui menait au fleuve. Sa femme ne pourrait que s'incliner devant les faits.

Georgette s'était vite aperçue, au sourire coquin de son mari, que celui-ci se préparait à poursuivre la vache chimérique envers et contre tous.

— Au moins, dit-elle, habille-toi chaudement. Mets tes bas de laine, de bonnes bottes, des gants épais, un manteau chaud, un foulard, une tuque, des sous-vêtements, un passe-montagne...

Monsieur Perreault se vit vêtu de tout cet attirail et pouffa de rire.

— Si je t'écoute, dit-il, on n'aura plus qu'à me rouler jusqu'au fleuve! Je serai incapable de bouger. Il n'est pas nécessaire de s'habiller autant. En bas, les épinettes coupent le vent.

— Si tu attrapes une maladie, ce sera ta faute. Moi, je t'aurai prévenu.

— C'est une vache que je vais attraper, pas une maladie!

Isabelle riait. Cette histoire lui plaisait énormément. D'ordinaire, les séjours chez ses grands-parents manquaient de piquant. Elle était heureuse de voir qu'il y aurait enfin un peu d'action.

— Grand-papa, je vais avec toi, proposa-t-elle.

— Bien sûr! se réjouit monsieur Perreault qui avait rarement l'occasion de profiter de la présence d'Isabelle. Nous serons deux à témoigner de l'existence de cette vache et peut-être qu'ainsi nous réussirons à vaincre le scepticisme légendaire de ta grand-mère.

La proposition d'Isabelle d'accompagner son grand-père apaisa madame Perreault. Elle ne put s'empêcher de sourire à leur complicité naissante et baissa les bras en signe de défaite.

— Habillez-vous quand même chaudement, dit-elle en capitulant.

2

Safari dans la neige

Isabelle et son grand-père progressaient lentement. À chaque pas, ils enfonçaient jusqu'aux cuisses.

— Mamie avait raison, souffla monsieur Perreault. Il faudrait des raquettes.

— Ce n'est pas difficile, dit Isabelle qui s'amusait follement à se battre avec la neige. Il suffit de ne pas se presser.

Ah la jeunesse! songea Paul Perreault. S'il avait encore douze ans, rien ne pourrait l'arrêter. Il passerait ses journées dehors à poursuivre des animaux de légende ou à se cacher d'ennemis imaginaircs. Mais à soixante-six ans, l'énergie n'était plus la même. Les articulations manquaient de souplesse et les muscles n'avaient plus leur vigueur d'antan.

— Que c'est beau! dit Isabelle avec des yeux admiratifs.

La neige avait couvert la moindre aiguille des épinettes. Les branches ployaient sous son poids. Le paysage était féerique, comme celui des cartes postales. Isabelle était émerveillée. Habituée à la grisaille de la ville, elle était toujours surprise par les beautés de la campagne.

— Où as-tu vu la vache? demanda-t-elle à son grand-père.

— Par là-bas, près de la vieille clôture, à la hauteur de l'orme.

Isabelle se pressait. Paul ne parvenait pas à la suivre. Il s'arrêta pour se reposer. Ce n'était pas le moment de s'épuiser et de succomber à une crise cardiaque. Il imaginait trop bien sa femme en pleurs, rappelant à tout le monde qu'elle l'avait formellement averti. Après quelques minutes, il se remit en route et, tranquillement, foulée par foulée, il pénétra dans la forêt d'épinettes en suivant les traces d'Isabelle. Il lui fallut cinq bonnes minutes pour rejoindre sa petite-fille qui s'était assise dans la neige en l'attendant.

— Alors Isabelle, as-tu trouvé des traces?

— Non, mais je n'ai pas vraiment cherché. C'est si beau tous ces arbres et cette neige! On se croirait perdus et seuls au monde.

— Ce n'est pas le moment de rêvasser, dit monsieur Perreault. Nous sommes en expédition. Il faut absolument trouver ces traces. Mon honneur est en jeu. Il ne faut pas donner à ta grand-mère l'occasion de croire que je suis en train de perdre la boule.

De la maison, Georgette avait assisté à la lente progression d'Isabelle et de Paul. Maintenant, elle ne les voyait plus. Les arbres les cachaient complètement. Même avec l'aide des lunettes d'approche, elle ne parvenait

plus à les distinguer. Surprise, elle dut admettre que son mari avait raison: une vache pourrait facilement vivre dans les limites des épinettes sans que personne soupçonne son existence.

Isabelle et Paul passèrent la vieille clôture. Toujours pas de traces du gibier! Ils s'approchèrent de l'orme et Isabelle, qui avait pris de l'avance, s'arrêta brusquement. Elle se tourna vers son grand-père.

— Il y a des traces d'animal, dit-elle.

Monsieur Perreault hâta le pas. Il n'avait pas rêvé. Il avait bel et bien vu un animal. En son for intérieur, il fut rassuré, car il avait un peu craint d'être victime de son imagination.

Isabelle lui désigna les empreintes dans la neige.

— C'est bien une vache, triompha monsieur Perreault.

Des yeux, il suivit la piste.

— Là-bas, reprit-il, la neige est plus profonde. Le ventre de la vache a formé un sillon. Continuons. Peut-être pourrons-nous la débusquer.

Lentement, Isabelle et son grand-père entreprirent de traquer la bête.

— Regarde, dit-il. Ici, la vache a déplacé la neige en cherchant des herbes à brouter.

On pouvait voir les marques des coups de dents qui avaient cisaillé l'herbe. Après une bonne heure de piste, monsieur Perreault s'arrêta.

— Cette vache se moque de nous!

La neige continuait de tomber et le soleil se préparait à se coucher.

— Demain, dit-il, la neige aura effacé toutes les traces. Et pourtant, il faut remonter à la maison. D'ici une demi-heure, le soleil sera couché et il fera noir.

— Tu as raison grand-papa, dit Isabelle. Rentrons. Nous reviendrons demain. La vache va sûrement faire de nouvelles traces.

— Sûrement! approuva-t-il. Notre sortie aura quand même atteint son but car il est maintenant prouvé hors de tout doute qu'il y a bel et bien une vache en ces lieux. J'ai hâte de voir la réaction de ta grand-mère. Pour une fois qu'elle se trompe et que j'ai raison!

Georgette poussa un soupir de soulagement lorsqu'elle vit Isabelle et son mari sortir du couvert des arbres. À force d'attendre, elle avait fini par craindre le pire. Car une fois l'existence de la vache admise, grand-maman Perreault avait trouvé logique la présence de deux, puis trois, puis quatre vaches. À mesure que le temps passait, les vaches étaient de plus en plus nombreuses. Elle en était venue à imaginer un troupeau de vaches enragées qui poursuivaient son mari et Isabelle. Et s'il y avait des vaches, pourquoi pas des loups? En pénétrant dans la maison, Isabelle et son grand-père furent bien étonnés par les effusions de joie de Georgette. Ils ne s'expliquaient pas non plus son regard apeuré lorsqu'ils lui confirmèrent la présence d'une vache dans la forêt d'épinettes.

3

La vieille légende

Il était huit heures du matin. Monsieur Perreault scrutait les épinettes avec ses jumelles. De temps en temps, il regardait l'heure et s'impatientait. Sa femme déjeunait.

— Isabelle n'est pas encore levée, se plaignit monsieur Perreault.

— Isabelle est en vacances. Laisse-la dormir un peu. À son âge, on a besoin de sommeil.

— Oui, mais la vache n'attendra pas! C'est le temps d'y aller, il ne neige plus. C'est bien simple, j'irai tout seul.

— Gare à toi si tu y vas seul! menaça Georgette avec sa cuiller à céréales. Tu veux me faire mourir d'inquiétude? Ces vaches sauvages peuvent être très dangereuses. Et puis, il peut aussi y avoir des loups.

— Des loups! s'étonna monsieur Perreault. Voyons, il n'y a plus de loups dans la région depuis cinquante ans. Des loups! Où as-tu pêché une telle idée?

— On ne sait jamais, répondit sa femme. Je ne veux pas que tu descendes le plateau sans Isabelle. Au moins, s'il t'arrive quelque chose, elle sera là pour t'aider.

— Bon... bon... d'accord, admit-il.

Il regarda encore l'horloge. Les minutes se traînaient lamentablement. Il ressentait le besoin de faire quelque chose pour tromper le temps. Tout à coup, il sourit, et madame Perreault fut aussitôt sur ses gardes.

— Je vais aller faire un tour chez Wilbert, dit monsieur Perreault, et lui demander s'il n'a pas perdu une vache cet automne.

Wilbert était cultivateur. Il possédait une vingtaine de vaches qui broutaient parfois sur un terrain adjacent à celui des Perreault. Logiquement, la vache qui se cachait dans les épinettes devait lui appartenir.

Madame Perreault regarda partir son mari d'un air réprobateur.

— Et si Isabelle se réveille? demanda-t-elle.

— Je ne serai pas absent longtemps.

— Ouais... commenta madame Perreault d'un air sceptique.

Paul Perreault aimait beaucoup converser. Il avait le contact facile et était fin causeur. Combien de fois était-il parti pour cinq minutes et n'était revenu qu'après plusieurs heures? Georgette n'aimait pas rester seule à la maison. Heureusement, Isabelle était là.

Après le départ de son mari, elle verrouilla soigneusement la porte. Elle redoutait par-dessus tout les voleurs ou les bandits. Puis, elle se remit à cuisiner. C'était la veille de Noël et son fils Alain devait arriver dans l'après-midi. Grand-maman Perreault se lança dans la préparation du sucre à la crème.

○

Le soleil pénétrait à peine dans la chambre d'Isabelle. La jeune fille ramena la couverture sur sa tête et replongea dans ses rêves. Elle imaginait un chanteur rock qui venait la kidnapper et l'emmenait à califourchon sur une licorne ailée. Le bel animal survolait un château de verre lorsque le chanteur rock, jusqu'ici silencieux, se retourna.

— Isabelle, il est dix heures. Viens-tu déjeuner?

La voix du chanteur était plutôt aiguë. On aurait dit une voix de femme. Le charme était rompu. La licorne ailée et le château de verre disparurent. Isabelle se retourna dans le lit et ouvrit les yeux. Dans le cadre de la porte, sa grand-mère souriait.

— Viens-tu déjeuner? répéta-t-elle.

Au réveil, Isabelle prenait un certain temps pour sortir des brumes du sommeil. Ce fut un fantôme aux yeux hagards qui pénétra dans la cuisine. Peu à peu, elle retrouvait ses esprits. En finissant son verre de lait, elle demanda:

— Où est grand-papa?

Elle se rappelait la fameuse vache de la veille.

— Il est parti chez un voisin, répondit sa grand-mère.

Isabelle ne fit pas de commentaires. Elle partit s'habiller dans sa chambre, un peu déçue de l'absence de son grand-père.

○

Assis devant leur troisième café, Wilbert et Paul Perreault discutaient.

— Une vache dans ton champ! émit Wilbert d'un ton surpris. Et d'où viendrait-elle?

— Justement, dit Paul. Tu n'en aurais pas perdu une par hasard?

— Non, j'ai toutes mes vaches. Et si un cultivateur avait perdu une vache, je le saurais. Es-tu certain que c'est une vache?

Bonne question! songea monsieur Perreault car il était loin d'en être certain. Wilbert le comprit à sa mine.

— Ce pourrait être un chevreuil, reprit Wilbert. Les chevreuils aiment se réfugier dans les bois de conifères en hiver. Ils mangent l'herbe près des arbres et parfois les épines.

Des chevreuils! L'idée plut aussitôt à monsieur Perreault.

— C'est bien possible, admit-il. Les traces pourraient être celles d'un chevreuil. Pourtant, il m'a semblé que l'animal était blanc et plutôt costaud.

— Blanc, dis-tu! La neige devait recouvrir l'animal. À moins que...

Wilbert parut réfléchir. Il se rappelait vaguement les histoires que lui racontait son père dans sa jeunesse au sujet d'un animal étrange qui apparaissait le long du fleuve lors d'hivers particulièrement rigoureux. Mais ce n'était là que de vieilles histoires.

— À moins que quoi? questionna Paul Perreault.

— C'est une vieille histoire, dit Wilbert. Mon père la tenait de son père. Cela n'a sûrement aucun rapport avec ton animal.

— Raconte toujours, dit-il en buvant une gorgée de café.

Wilbert hésita un peu.

— Je ne m'en souviens pas très bien. Il y a des vieux à la maison d'accueil de Saint-Pierre qui te la raconteraient mieux que moi.

Wilbert tira une bouffée de sa pipe.

— Eh bien, selon une vieille légende, lorsqu'il fait très froid et qu'il y a beaucoup de neige, un cheval tout blanc viendrait passer l'hiver sur les rives du fleuve. On raconte même qu'une veille de Noël, il y a plus de cent ans de ça, ce cheval aurait traversé la route devant un traîneau rempli de gens qui se rendaient à la messe de minuit. La vieille Clémentine, la doyenne de la région, celle qui aura bientôt cent six ans, pourrait t'en dire plus. Elle était dans la carriole. À l'époque, elle devait avoir quatre ans.

Monsieur Perreault finit tranquillement son café. Sa décision était prise. Il irait souhaiter joyeux Noël à la vieille Clémentine, histoire d'en savoir plus sur cette vieille légende.

○

Il était midi quand monsieur Perreault revint à la maison. Son absence avait duré quatre bonnes heures et il savait que sa femme s'amuserait à le lui rappeler.

— Où est Isabelle? demanda Paul.

— Elle ne t'a pas attendu. Ça fait une heure qu'elle est partie à la recherche de la vache.

— J'ai emprunté deux paires de raquettes à Wilbert. Comme ça, nous serons mieux équipés.

Isabelle sortit de la forêt d'épinettes et se dirigea vers la maison. Elle avait eu beau se promener un peu partout, elle n'avait trouvé aucune trace ni vu aucune vache. La neige avait tout recouvert. Elle aurait juré qu'il n'y avait pas âme qui vive dans ce sous-bois.

La jeune fille se proposait de retourner dans le champ avec son grand-père. À deux, ils auraient plus de chance car grand-papa connaissait bien les lieux. Il ne tournerait pas en rond comme elle.

4

Les moqueries
d'Alain

La neige s'était remise à tomber.
Monsieur Perreault n'en avait jamais
tant vu. Isabelle avait eu un peu de
difficulté à s'habituer aux larges
raquettes mais après quelques chutes
elle se débrouillait plutôt bien. Les
jambes écartées, elle suivait de mieux
en mieux son grand-père.

— Tu sais Isabelle, dit Paul Perreault, rien ne nous dit que c'est une
vache. J'ai enquêté et personne n'a
perdu de vache dans la région. C'est
peut-être un chevreuil ou un cheval
sauvage.

— Un cheval! reprit en souriant
Isabelle.

La jeune fille adorait les chevaux.

— Par contre, poursuivit le grand
père, aucun cultivateur n'a perdu de
cheval. La logique nous amène à
penser que nous avons plutôt affaire à
un chevreuil.

Grand-papa Perreault pensa à
l'étrange histoire que lui avait racontée
la vieille Clémentine. Un conte si
bizarre qu'il préféra ne pas le confier à
l'imagination débordante d'Isabelle.

— L'hiver, reprit-il, lorsqu'il fait froid
comme aujourd'hui, on ne peut même
pas avoir recours aux odeurs pour
trouver un animal. Les odeurs figent et
tombent au sol. Il faut s'en tenir à la
vue et à l'instinct. Allons voir derrière
cette épinette qui penche un peu.

Aucune trace!

— Peut-être que derrière cette autre
là-bas?

Toujours rien!

— On devrait aller un peu plus vers le fleuve. Sait-on jamais?

— Peut-être que le cheval va s'y abreuver, supposa Isabelle.

— Il n'a qu'à manger de la neige, dit monsieur Perreault. Il ne faut pas oublier que la neige, c'est de l'eau.

À grandes enjambées, le grand-père et la jeune fille se dirigèrent vers le fleuve. Isabelle était maintenant capable de progresser beaucoup plus rapidement que son compagnon d'aventure. Elle se mit à courir. Paul la laissa faire. Il savait trop bien qu'il n'était pas de taille à la suivre.

Isabelle fonça entre deux épinettes et décida de se cacher pour surprendre son grand-père. Elle tourna à gauche et se jeta dans la neige. Elle s'en couvrit pour bien se camoufler. Elle sourit en imaginant la surprise de son grand-père. Toute à sa joie, elle n'entendit pas les bruits derrière elle. Une forme blanche passa près d'elle. Isabelle, incrédule, vit s'éloigner le dos d'un cheval. La vision dura à peine quelques secondes et disparut dans les arbres. Une minute plus tard, monsieur Perreault apparaissait. Où était Isabelle? Il la vit sortir de la neige.

— Je l'ai vu, dit-elle. C'est un grand cheval aux longs poils blancs. Il vient juste de passer.

Un cheval blanc! La vieille Clémentine aurait-elle raison? Paul et Isabelle suivirent les traces qui menaient au fleuve. La neige tombait de plus en plus forte. Le fleuve ressemblait à un désert blanc sans fin.

— Mais où est-il? questionna monsieur Perreault. Il ne peut pas se cacher sur le fleuve. Nous le verrions.

— Il est tout blanc, dit Isabelle. Il lui suffit de se coucher sur la neige pour passer inaperçu.

Le grand-père opina de la tête. Isabelle avait raison. Ce cheval pouvait facilement se camoufler dans la neige.

— Nous ferions mieux de rentrer, conseilla-t-il. La tempête va tout recouvrir. Il va falloir repartir à zéro.

— J'aurais pratiquement pu le toucher, dit Isabelle.

— Tu l'as si bien vu? As-tu remarqué sa tête?

— Non, je ne l'ai vu que de dos.

En revenant à la maison, monsieur Perreault parla peu. Il ruminait l'histoire de la vieille Clémentine.

O

Alain était plutôt sceptique. Arrivé vers la fin de l'après-midi avec son amie Nathalie, il avait écouté d'une oreille distraite le récit d'Isabelle. Maintenant qu'il était à table, un verre de vin à la main, il avait décidé de taquiner la jeune fille. Alain adorait taquiner sa nièce.

— Un cheval! répéta-t-il d'un air peu convaincu.

— Je l'ai vu, dit Isabelle.

— Tu es la seule, fit remarquer Alain. Peut-être veux-tu nous confondre avec une histoire inventée?

— Grand-papa a vu les traces, protesta Isabelle.

— Qu'est-ce que cela prouve? Vous pouvez être de mèche. Ce ne sera pas la première fois que mon père raconte des blagues.

À bout d'arguments, Isabelle se tourna vers ses grands-parents.

— Moi, je crois Isabelle, dit Georgette Perreault.

Monsieur Perreault resta silencieux. C'était plutôt inhabituel chez lui.

— Et toi, grand-papa, tu ne dis rien?

— J'ai vu les traces. Il y a un animal qui vit dans la plantation d'épinettes. C'est peut-être un cheval. J'avoue que toute cette histoire me dépasse.

Isabelle ne comprenait pas les réserves de son grand-père. Il aurait pu facilement prendre sa défense et faire taire les allusions malveillantes d'Alain.

— Moi, je n'y crois pas, reprit Alain. Ce sont les inventions d'Isabelle. Demain elle nous dira que ce n'est pas un cheval mais une licorne magique. Isabelle est une rêveuse. Elle ne fait pas la différence entre le rêve et la réalité.

Alain aimait taquiner. Il était loin de mesurer l'effet dévastateur de ses critiques. Dans la solitude de sa chambre, Isabelle avait souvent pleuré des plaisanteries de son oncle. Du regard, elle demanda l'aide de sa grand-mère.

— Parlons d'autre chose, dit madame Perreault. Comment vont vos études à tous les deux?

Alain et Nathalie venaient de terminer une dure session à l'université où ils étudiaient le droit. L'occasion était trop belle pour Nathalie qui prit la parole et la garda jusqu'à la fin du repas. Il ne fut plus question du cheval mystérieux mais de professeurs, d'examens et de procès. Le vin aidant, Alain raconta des anecdotes très drôles sur de vieux juges un peu fous.

Malheureusement, il but beaucoup trop. Il aimait tellement le vin qu'il ne savait pas s'arrêter. Vers dix heures du soir, plus que guilleret, il alla se coucher. Nathalie et Paul le supportèrent jusqu'à la chambre des invités.

La veillée de Noël fut plutôt tranquille. Isabelle ne tarda pas à se réfugier dans sa chambre. Elle pensa à sa mère qui fêtait Noël à Montréal, à son père qui travaillait en Europe. Elle n'avait jamais fêté Noël avec eux. Isabelle préféra oublier tout ça et pensa à sa tante Jocelyne qu'elle admirait beaucoup. Jocelyne était médecin et très gentille. Comme sa tante, Isabelle rêvait de gagner sa vie en faisant le bien autour d'elle. Elle rêvait de soigner des animaux, de devenir vétérinaire.

Elle se souvint du mystérieux cheval blanc. Elle l'avait bien vu et n'avait pas menti! Elle serra les dents au souvenir des moqueries d'Alain. Elle se promit de capturer le cheval et d'obtenir des excuses en bonne et due forme de son oncle. Elle était fatiguée de ses railleries. C'est avec la vision d'un Alain repenti, torturé de remords, se traînant aux pieds d'une Isabelle triomphante que la jeune fille sombra peu à peu dans le sommeil.

À onze heures, seuls les grands-parents d'Isabelle étaient encore debout. Ils partirent à la messe de minuit. Les Perreault savaient que le lendemain serait beaucoup plus animé. Jocelyne et Claude arriveraient en fin d'avant-midi. On allait déballer les cadeaux, s'embrasser, manger, rire et jouer aux cartes. Cette année, les cadeaux ne manquaient pas sous l'arbre de Noël. L'absence de leur fils François, le père d'Isabelle, était la seule ombre au tableau.

5

Rêveuse, mais pas menteuse

Comme chaque matin, Paul Perreault fut le premier debout. À six heures, alors que la nuit était encore d'un noir d'encre, il buvait tranquillement sa tasse de café sous un éclairage tamisé. Il appréciait ces moments de solitude dans la maison silencieuse. Il pouvait lire, réfléchir, songer à mille et une bagatelles. Les nuits de grand-papa Perreault étaient très courtes. Après le dîner, il avait l'habitude d'une petite sieste qui compensait la brièveté des nuits.

Grand-maman Perreault se levait normalement vers sept heures. Au bruit des pas, monsieur Perreault crut la voir arriver. Il leva la tête et vit Isabelle. Ses yeux s'agrandirent sous la surprise. C'était la première fois qu'il voyait Isabelle debout de si bonne heure.

— Grand-papa, il faut absolument retrouver le cheval.

— Tout de suite?

— Oui, je vais amener ma caméra. Alain ne pourra plus me traiter de menteuse.

— Alain plaisantait. Il voulait te faire réagir.

Isabelle n'acceptait pas cette excuse. Elle avait l'intention de river son clou à son oncle.

— Viens-tu avec moi? insista-t-elle.

L'idée de sortir dès l'aurore, sous un froid de canard, parut si saugrenue à monsieur Perreault qu'il l'accepta d'emblée.

— Très bien, dit-il. On s'habille et on y va.

Isabelle se retira dans sa chambre. Paul sourit. La jeune fille allait se rendormir. Elle ne serait pas prête avant des heures. Cinq minutes plus tard, Isabelle se planta devant son grand-père. Elle était habillée de pied en cap, prête à affronter les plus grands froids, la caméra en bandoulière.

— Grand-papa, dépêche-toi!

Monsieur Perreault n'en revenait pas. C'était le monde à l'envers! Isabelle qui le prenait de vitesse! Il avala son café d'un trait et courut s'habiller, laissant une note sur la table de la cuisine.

○

Le soleil se levait à peine. Grand-papa Perreault ouvrait la marche suivi de sa petite-fille. Isabelle crut entendre des bruits. Elle se retourna vivement et resta bouche bée, pétrifiée par le spectacle. L'animal la fixait avec majesté de ses grands yeux bleus; la brume sortait de ses naseaux. En trois enjambées, il disparut dans les épinettes.

— Grand-papa! cria Isabelle.

Monsieur Perreault se retourna. Il vit sa petite-fille blanche comme la mort et se hâta de la rejoindre.

— Que se passe-t-il Isabelle? On dirait que tu as vu un fantôme.

Il remarqua la piste fraîche dans la neige.

— As-tu vu un cheval?

— Grand-papa, ce n'est pas un cheval!

Isabelle ne semblait plus vouloir parler; le grand-père essaya de deviner.

— Est-ce une vache, un chevreuil, un orignal?...

De la tête, Isabelle fit signe que non. Alors Paul se rappela l'étonnante aventure de la vieille Clémentine.

— ... Serait-ce... une licorne?

Clémentine croyait dur comme fer à la licorne qu'elle avait aperçue à l'âge de quatre ans. Elle avait même montré à monsieur Perreault de vieux dessins que sa mère, témoin comme elle, avait exécutés.

— C'est une licorne! confirma Isabelle. Une belle licorne toute blanche avec une corne bien droite sur la tête, une licorne comme sur les affiches de ma chambre.

Monsieur Perreault ne savait que dire. Cette histoire de licorne ne lui plaisait pas. Il eut préféré de beaucoup une vache ou un cheval. Personne ne croirait à une licorne.

— Je n'ai même pas pensé la photographier, dit Isabelle. Il faut absolument que nous la retrouvions. Sinon, personne ne voudra nous croire.

Là était bien tout le problème.

○

Vers dix heures, Alain monta du sous-sol et vit sa mère qui regardait par la fenêtre. Elle paraissait nerveuse.

— Ton père et Isabelle sont dehors, lui expliqua-t-elle. Ils sont partis depuis bientôt trois heures et il fait froid. La radio annonce -30 °C. Ils vont geler. Je ne sais même pas si ton père a mis une tuque.

— Cette histoire de cheval les a rendus fous, dit Alain. A-t-on idée de sortir par un froid pareil?

— Il faut aller les chercher, reprit sa mère. Alain, tu dois les ramener à la maison.

— Moi?

— Oui! Emmène Nathalie! À deux, vous aurez plus de chance de les trouver.

— C'est ridicule! Je n'ai pas de raquettes. Nous allons nous perdre dans la neige!

Madame Perreault sut trouver les arguments pour convaincre Alain de porter secours à son pauvre père et à la douce et frêle Isabelle. Alain avait bon cœur et accepta. Il finissait de s'habiller lorsque Georgette cria de la cuisine.

— Les voilà!

Alain, heureux de la nouvelle, se déshabilla aussitôt.

— Mais que fais-tu là? lui reprocha sa mère. Tu ne pars pas à la rescousse de ton père et de ta nièce?

— Mais tu viens de dire qu'ils revenaient.

— C'est Jocelyne et Claude qui arrivent! Ton père et Isabelle sont toujours perdus dans les épinettes.

Jocelyne, la fille de madame Perreault, et Claude, son gendre, poussèrent la porte du vestibule. Ils avaient les bras chargés de cadeaux. Georgette ne fut pas longue à leur expliquer ses craintes.

— Nous avons amené nos raquettes, dit Claude. J'accompagne Alain. Ils ne doivent pas être loin.

Cinq minutes plus tard, Claude et Alain, raquettes aux pieds, partaient à la recherche d'Isabelle et de Paul Perreault. Ils s'étaient à peine enfoncés dans les épinettes qu'ils entendirent les voix des deux aventuriers.

— Personne ne nous croira, disait Isabelle.

— Personne! approuvait monsieur Perreault. Les gens vont croire à une farce. Mieux vaut nous taire.

— Bonjour monsieur Perreault! lança Claude d'un ton jovial. Votre femme nous a envoyés à votre recherche. Elle songe déjà à alerter la police et la garde côtière.

Paul sourit.

— Ce ne sera pas nécessaire, dit-il. J'aime autant ne pas rencontrer ces gens-là. Je ne leur dois rien. Retournons à la maison.

— On vous suit, dit Alain. Au fait, Isabelle, as-tu vu ton cheval?

— Quel cheval? questionna Claude.

Alain expliqua la dernière lubie d'Isabelle. Outrée, la jeune fille ne put retenir davantage son secret.

— Ce n'est pas un cheval, c'est une licorne!

L'air éberlué de ses deux oncles lui fit regretter ses paroles. Visiblement, ils ne la croyaient pas. Son grand-père ne lui fut pas d'un grand secours. Il parla du froid intense et de la neige qui se préparait à tomber. La diversion ne dupa personne. Son gendre, Claude, était journaliste et voulut en avoir le cœur net.

— Et vous, monsieur Perreault, l'avez-vous vue cette licorne?

Le grand-père avoua.

— De la fenêtre, j'ai vu un animal blanc, mais j'ignore si c'est une vache ou un cheval. Par contre, cet animal existe puisque nous en avons vu les traces.

— Et toi, Isabelle, tu as bien vu une licorne?

— Oui! Une belle licorne. Je l'ai vue comme je te vois.

Claude ne fit aucun commentaire. Le quatuor sortit de la forêt dans le plus profond silence.

O

Autour de la table, Isabelle se sentait attaquée de toutes parts. Alain se moquait de sa licorne. Quant à Claude, il n'y croyait pas.

— Au Moyen Âge, expliquait-il, des chevaliers revêtaient leur cheval d'une armure pourvue d'une pointe en bois qu'ils ajustaient sur le front de leur monture afin de la rendre plus dangereuse. Certains fantassins y ont vu des licornes.

Claude continua sur sa lancée. Il rappela que les premiers dessins de licornes ne représentaient pas un cheval mais une chèvre vue de profil. Or, il est vrai que certaines chèvres, de profil, semblent avoir une seule corne sur la tête. Après un quart d'heure d'un discours très logique, Claude porta un toast.

— À l'imagination! dit-il. À cette merveilleuse imagination qui a fait des licornes des créatures plus réelles que les animaux créés par Dieu.

L'oncle d'Isabelle n'avait pas déposé son verre qu'il reprenait son monologue. Cette fois, il parla de la licorne des mers, le narval. Isabelle dut bien admettre que son oncle connaissait beaucoup de choses. Cependant, il y avait une chose qu'il ne savait pas: les licornes existaient réellement. Elle en avait vu une.

— Claude, intervint Isabelle, s'est-on parfois trompé en niant l'existence de certains animaux?

— Bien sûr! répondit Claude, réjoui à l'idée de montrer son savoir. En Europe, on ne croyait pas à la girafe. On ne pouvait imaginer un animal avec un si long cou. La girafe fut une légende jusqu'au jour où un sultan en offrit une à Louis XIV. Cette girafe fut d'ailleurs un événement extraordinaire en France. Tout le monde voulait la voir. Il en fut de même pour plusieurs autres animaux. Aujourd'hui encore, on découvre de nouvelles espèces. La nature n'a pas encore livré tous ses secrets.

— Dans ce cas, il se pourrait que la licorne existe!

Claude se passa la main sur le menton. Isabelle l'avait bien manipulé.

— Tu marques un point, dit-il. Cependant, avec un tel principe, tout pourrait exister. Cela n'aurait pas de sens. Il est impossible de prouver la non-existence de quelque chose. Aussi, le fardeau de la preuve consiste-t-il à en prouver l'existence. Les Français ont cru à la girafe quand on leur en a montré une. Montre-nous une licorne et nous te croirons!

— Puisque je l'ai vue! insista Isabelle.

— Tu crois avoir vu une licorne, corrigea Claude. Des tas de gens très sérieux sont victimes d'illusions d'optique. Tu ne serais pas la première. On assiste même parfois à des hallucinations collectives. Ce n'est pas toi que nous ne croyons pas, c'est à ta licorne. Amène-nous-en une et nous serons les premiers à y croire.

— Une licorne ne se déplace pas comme ça. Tu me demandes l'impossible.

— C'est la science qui le veut ainsi. Tant qu'on ne m'en aura pas montré une, je n'y croirai pas.

Claude s'adressa aux autres assis autour de la table.

— Et vous, qu'en pensez-vous?

— La licorne, c'est de la foutaise! exprima péniblement Alain.

La boisson avait eu raison de son élocution. Il se tenait de travers sur sa chaise en roulant des yeux. Nathalie lui donnait de temps en temps des coups de coude pour le réveiller et l'empêcher de tomber.

— Personnellement, dit Nathalie, j'aimerais bien te croire mais on ne peut juger sur des on-dit. Tu dois améliorer ta défense, te trouver des témoins oculaires ou, comme l'a proposé Claude, nous montrer une licorne. Ce serait la preuve ultime et irrévocable qui t'assurerait une victoire sans équivoque.

Alain approuva en secouant la tête. Nathalie lui donna un léger coup de coude. Isabelle se tourna vers Jocelyne, sa tante préférée pour qui cette question représentait un joli piège. Comment pourrait-elle satisfaire à la fois son mari et sa filleule?

— J'aimerais bien croire aux licornes, dit-elle. C'est un si bel animal. Mais je suis incapable de dire s'il existe ou pas. À titre de médecin et ayant une formation scientifique, je dirais qu'il n'existe pas. Cependant, à titre d'individu, j'aimerais lui laisser le bénéfice du doute.

Claude approuva de la tête. Jocelyne s'en était bien tirée.

— Et vous madame Perreault? demanda Claude.

— Je regrette de faire de la peine à Isabelle, mais je n'y crois pas. Cependant, comme Jocelyne, j'aimerais bien y croire.

Seul Paul Perreault ne s'était pas encore prononcé. Il but une gorgée de vin pour s'éclaircir la gorge.

— Et bien moi, je vais vous surprendre. Je crois aux licornes!

Des regards ébahis se tournèrent vers lui.

— Tu crois aux licornes? répéta sa femme incrédule.

Isabelle souriait. Elle avait un appui de taille. Elle n'était plus seule à faire face aux arguments logiques des adultes.

— Oui, j'y crois, confirma monsieur Perreault. Si Isabelle affirme qu'elle en a vu une, c'est qu'elle en a vu une. Je ne la crois pas victime d'une illusion d'optique. Je regrette de n'avoir rien vu, mais je compte retourner dans le champ dès cet après-midi. Voilà, vous avez mon opinion. Et laissez-moi vous dire que vous pourriez faire un peu plus confiance à Isabelle. Elle est peut-être rêveuse mais pas menteuse.

Claude, Jocelyne, Nathalie et Georgette reçurent durement la remarque. Quant à Alain, il cuvait son vin.

— Vous avez raison, admit Claude après un silence pesant. Cet après-midi, Jocelyne et moi, nous irons à la recherche de la licorne.

— Moi, je dois préparer le souper, dit madame Perreault, mais je surveillerai par la fenêtre.

— Je vous accompagnerai, proposa Nathalie. Comme ça, si la preuve se présente, je pourrai la vérifier de visu.

Alain parut se réveiller un peu.

— Moi, dit-il, si je vois une licorne je promets de ne plus jamais boire d'alcool de ma vie.

Autour de la table, pendant un bref instant, tout le monde voulut croire à l'existence de la licorne.

— Et les cadeaux? demanda madame Perreault.

— Nous les ouvrirons après l'excursion! décida monsieur Perreault.

Tous approuvèrent.

6

Isabelle et
la licorne

— **F**aites attention aux engelures!
recommanda Georgette en assistant
au départ de son monde.

Madame Perreault aurait bien voulu
les accompagner, mais elle se remettait
à peine d'une fracture de la rotule.
C'eût été beaucoup trop demander à
son genou.

Isabelle ouvrait fièrement la marche, suivie de son grand-père, de Jocelyne, de Claude, de Nathalie et d'Alain. Ce dernier zigzaguait un peu. Les effets de l'alcool ne s'étaient pas totalement dissipés. Monsieur Perreault s'était procuré deux paires de raquettes supplémentaires chez tante Jeanne, au village. La petite troupe descendit pas à pas la butte au pied de laquelle commençait la plantation d'épinettes.

Par deux fois, Alain crut voir un éléphant rose. Le froid vif et sec, beaucoup plus que les reproches éventuels de ses cinq compagnons, l'encouragea à garder le silence. Avant de pénétrer dans la forêt d'épinettes, on fit signe de la main à madame Perreault.

À la fenêtre de la cuisine, Georgette était émue. Son cœur espérait l'impossible. Elle souhaitait le succès de l'expédition, mais savait bien que les licornes n'existaient que dans l'imagination fertile des jeunes filles romantiques.

Dès qu'ils furent sous le couvert des arbres, le vent tomba. Il faisait beaucoup plus doux. Isabelle menait l'expédition à travers les arbres. Des yeux, elle essayait de capter un mouvement, une présence. Des traces dans la neige auraient été un bon début.

Après une heure de vaines recherches, le froid commençait à avoir raison du moral de la troupe.

— Et si on se séparait pour multiplier nos chances de voir la licorne, suggéra Jocelyne.

On ne débattit pas longtemps la proposition. Alain partit aussitôt de son côté. Nathalie le rejoignit rapidement.

— Moi, je prends le nord, dit Paul.

— Pour moi, intervint Isabelle, ce sera l'est.

— J'irai à l'ouest, proposa Claude.

— J'irai donc au sud, conclut Jocelyne.

Ils se séparèrent après avoir convenu de se retrouver une heure après au pied d'un grand chêne, au bord du fleuve.

○

Isabelle cherchait en vain. Pas la moindre piste. Elle traversa une légère dénivellation du sol et tourna à gauche près d'une épinette rabougrie. Son regard se posa sur une branche cassée. Un long poil blanc y pendait. Elle le récupéra et le glissa avec précaution dans sa poche. C'était une preuve inespérée. Un peu plus loin, elle monta sur une petite butte. La butte se mit à bouger, Isabelle perdit l'équilibre et tomba, le visage dans la neige. Elle se retourna vivement. La licorne était là qui la contemplait de ses yeux bleus. Isabelle avait malencontreusement marché dessus.

Se relever avec des raquettes aux pieds n'est pas facile. Isabelle dut s'y prendre à deux fois. La licorne assistait impassible à ses tentatives. Sa crinière fournie se parait de mauve, un peu comme le ciel d'hiver. Isabelle ne connaissait pas beaucoup les chevaux et encore moins les licornes. Elle ne savait pas si l'animal était dangereux. Par précaution, elle recula lentement.

La licorne ne bougeait pas. Après un instant de muette observation, elle se coucha dans la neige et, de la tête, ramena la neige sur son corps. Isabelle comprit que la licorne utilisait la neige pour s'isoler du froid. Beaucoup d'animaux agissaient ainsi. La jeune fille approcha de la bête et l'aida à se couvrir de neige. D'abord craintive, la licorne sembla rassurée par les gestes doux d'Isabelle: elle se laissa faire. La jeune fille comprit soudain que l'animal était fatigué. Ses yeux étaient striés de veinules rouges. Son ventre paraissait anormalement gros. C'était peut-être là une des caractéristiques des licornes. Isabelle acheva de l'habiller de neige; il ne restait plus que la corne à camoufler et Isabelle l'effleura.

— Merci, jeune humaine.

Surprise, Isabelle recula. Elle avait bien cru entendre parler la licorne. Ce devait être un rêve, car les licornes ne parlent pas! Isabelle hésita, puis reprit son travail. Sa main toucha la corne de nouveau.

— Merci, jeune humaine.

Cette fois-ci, elle avait bien compris. Ce n'était pas des sons. La licorne communiquait directement avec son cerveau. Isabelle attendit que la licorne lui parle de nouveau. Il n'y eut que le silence glacé. Et s'il fallait qu'Isabelle touche à la corne? La jeune fille essaya. Sa main se posa sur la corne.

— Tu es gentille. Pourrais-tu mettre un peu plus de neige sur mon dos?

Isabelle lâcha la corne. Il n'y eut plus de mots dans sa tête. Isabelle avait trouvé comment communiquer avec une licorne. Vite, elle remit de la neige sur le dos de la bête. Puis, elle toucha de nouveau la corne annelée de l'animal.

— Merci, petite humaine. Comment t'appelles-tu?

— Isabelle, répondit la jeune fille.

— C'est un beau nom. Que fais-tu dehors? Normalement, les humains ne sortent pas par un temps si froid.

— Je vous cherchais.

— On sait donc que je suis ici?

Isabelle ressentit la peur qu'éprouvait la licorne. La jeune fille songea à ses oncles et ses tantes qui cherchaient ailleurs.

— Ainsi donc, d'autres humains sont à ma recherche. Me veulent-ils du mal?

— Non! protesta Isabelle. Nous venons en amis.

Isabelle sentit tout à coup une grande tristesse envahir son âme. Des images dansèrent dans sa tête. La licorne lui raconta la belle et triste histoire de sa race.

Monsieur Perreault arriva le premier au lieu de ralliement. Dix minutes plus tard, Jocelyne le rejoignit.

— Je n'ai rien vu, dit-elle. Il fait peut-être trop froid pour les licornes.

Claude n'avait pas de meilleures nouvelles et il commençait à avoir les pieds gelés. En chemin, il avait rencontré Nathalie et Alain qui avaient décidé de rentrer directement à la maison. Ils étaient moins bien vêtus que les autres et souffraient davantage du froid.

Paul Perreault, sa fille et son gendre attendirent près d'une demi-heure au froid.

— Isabelle a peut-être décidé de rentrer à la maison, suggéra Claude en grelottant.

Le froid, plus que la pertinence de l'observation, incita Jocelyne et Paul à approuver le retour malgré l'absence d'Isabelle.

— Si elle n'est pas à la maison, dit Claude, nous retournerons la chercher.

En pénétrant dans le vestibule, ils comprirent au regard interrogateur de madame Perreault qu'Isabelle n'était pas rentrée. Il était plus de quatre heures et le soleil baissait à l'horizon. Noël est l'une des journées les plus courtes de l'année.

— Retournons-y, dit Paul.

Georgette leur apporta une lampe de poche.

— J'espère que vous n'en aurez pas besoin, dit-elle. Il faut absolument que vous retrouviez Isabelle. Si cette enfant reste dehors, elle va mourir de froid.

— Ne t'inquiète pas, dit son mari. Nous allons la retrouver. Elle est bien habillée et doit encore chercher la licorne. C'est très important pour elle. Dès que le soleil va tomber, elle reviendra à la maison. Si elle arrive pendant notre absence, ouvre et éteins les projecteurs extérieurs toutes les cinq minutes pour nous prévenir... Si jamais quelqu'un se moque d'elle à son retour, il aura affaire à moi.

Ces mots s'adressaient à Alain, qui avala péniblement sa salive. Peut-être avait-il un peu trop taquiné Isabelle, il en convenait.

Tous imaginaient Isabelle perdue dans la neige, exténuée, à bout de souffle, mais déterminée malgré tout à ne pas rentrer pour éviter les railleries d'Alain et les demi-sourires des autres. Cette histoire risquait de se terminer très mal.

Jocelyne avait assisté sans mot dire à tous ces préparatifs.

— Attendez-moi, dit-elle, je vous accompagne. On ne sait jamais, peut-être aurez vous besoin d'un médecin.

De la fenêtre de la cuisine, grand-maman Perreault vit s'éloigner le trio formé de Jocelyne, Claude et Paul, à la lumière du crépuscule.

— Pourvu qu'ils la retrouvent, implora doucement Georgette.

○

La neige s'était remise à tomber. Les trois secouristes se dépêchaient.

— C'est ici que nous nous sommes séparés, dit monsieur Perreault en éclairant avec la lampe les traces de pas.

— Isabelle est partie dans cette direction, fit observer Jocelyne.

Le trio s'y engagea sous la neige qui recouvrait peu à peu les traces de la jeune fille. Vingt minutes plus tard, Paul Perreault s'arrêta près d'une épinette rabougrie. Il n'y avait plus de piste. Avec sa lampe de poche, il scruta en vain l'obscurité. Isabelle était invisible.

Monsieur Perreault se tourna vers la maison. La lueur des lumières extérieures ne s'était toujours pas éteinte. Isabelle n'était pas rentrée.

— Que faisons-nous? demanda Claude.

— Avertissons la Sûreté du Québec, proposa Jocelyne. Il ne faut surtout pas qu'elle passe la nuit dehors; la météo annonce un froid record.

— Isabelle sera aussi raide qu'un glaçon demain matin. C'est une question de vie ou de mort, dit Claude.

Paul fouillait les environs de sa lampe de poche. Il sentait les palpitations de son cœur.

— Elle n'est pas loin, dit-il. J'en ai l'intuition. Cherchons encore un peu.

Claude et Jocelyne se mirent à quadriller le périmètre près de l'épinette rabougrie. Monsieur Perreault contourna un arbre et vit un étrange spectacle: Isabelle était là, caressant doucement une licorne.

Grand-père vint chercher Jocelyne et Claude. Le trio assista incrédule au dialogue muet d'Isabelle et de la licorne. Avertie par un sixième sens, la jeune fille leva la tête et les aperçut. Elle dit quelques mots à la licorne avant de s'adresser aux nouveaux venus.

— Vous voyez, dit-elle, c'est bien une licorne. Je ne mentais pas.

Claude était sans voix. Il voyait l'impossible. La licorne promenait son regard fatigué de l'un à l'autre. Isabelle toucha la corne.

— Elle a peur, dit-elle. Grand-papa, éteins ta lumière, tu l'aveugles.

Monsieur Perreault obtempéra et on s'habitua rapidement à la pénombre du crépuscule. Jocelyne examina la licorne. Elle lui caressa doucement le ventre.

— Je viens de dire à la licorne que tu es médecin, dit Isabelle. La licorne demande si tu peux l'aider à mettre son poulain au monde.

— Tu parles à cette bête! s'étonna Claude.

Il était stupéfait. Il devait sûrement rêver. Les licornes n'existaient pas. Ce n'était qu'un animal de légende, une des nombreuses élucubrations de l'esprit humain!

— Je veux bien l'aider, dit Jocelyne, mais pas ici. Il va faire très froid cette nuit. Si la petite licorne naît dehors, elle va mourir. Même sa mère risque de souffrir du froid. Son poil est plein de glaçons. Il faut qu'elle accouche à la maison.

Isabelle transmit le message.

— La licorne ne veut pas. Elle a peur des humains. Elle craint qu'on lui fasse du mal, à elle et à son petit.

— Préfère-t-elle mourir?

Pendant plus de cinq minutes, Isabelle conversa en silence avec l'animal. La jeune fille eut peu à peu raison des réticences de la licorne.

— Elle accepte, dit-elle. Je lui ai promis que personne ne lui ferait de mal, que j'allais la protéger. Elle ne veut pas que d'autres humains puissent soupçonner son existence.

— Ce sera un secret entre nous, promit monsieur Perreault. Nous n'en parlerons à personne.

Aidée des quatre humains, la licorne se leva péniblement et se laissa diriger par Isabelle. Encore une fois, une licorne avait lié son destin à celui des hommes. Cela devait bien faire quatre cents ans que pareil événement ne s'était produit.

○

Au pied de la pente qui menait à la maison, la licorne s'arrêta.

— Veut-elle qu'on l'aide? demanda Claude.

— Non! répondit Isabelle. Elle se repose un peu. Elle est très faible.

Pendant que la licorne récupérait, madame Perreault, Alain et Nathalie apparurent au sommet de la butte. Ils avaient décidé de partir eux aussi à la recherche d'Isabelle. Munis d'une lampe, ils entamaient la descente. Georgette Perreault était soutenue par Alain. Sa jambe lui faisait mal, le froid lui fouettait le visage, mais elle préférait l'action à l'immobilité. La douleur et le froid lui étaient moins pénibles que d'imaginer Isabelle en train de souffrir.

— Mamie! cria Isabelle.

Si Alain n'avait pas retenu sa mère, celle-ci aurait déboulé en direction de sa petite-fille tant elle était heureuse d'entendre sa voix.

— Isabelle! cria Georgette. Tu vas bien?

— Je suis avec grand-papa, Jocelyne, Claude et la licorne. Nous arrivons!

— La licorne? répéta Alain incrédule.

Malgré le rideau que formait la neige en tombant, Nathalie essaya de voir l'objet du litige.

— On dirait un cheval mais je ne peux pas témoigner que ce soit une licorne.

— C'est une licorne, coupa madame Perreault. Si Isabelle le dit, c'est vrai. Cessez de toujours mettre en doute ses paroles. Rentrons vite à la maison préparer des boissons chaudes. Ils doivent être gelés!

Georgette était si heureuse de savoir sa petite-fille saine et sauve qu'elle n'avait pas encore très bien compris la présence de la licorne. Ce n'est qu'une fois à la maison qu'elle s'est aperçue du côté saugrenu des propos d'Isabelle.

— Elle a bien dit une licorne? demanda-t-elle à Nathalie et Alain.

— C'est bien ce que nous avons entendu, confirma Nathalie. Néanmoins, il faudrait voir l'animal avant de se prononcer.

7

Une licorne
dans le salon

Il fallut ouvrir la porte-fenêtre pour faire entrer la licorne dans le salon. Aussitôt un froid polaire envahit la maison. On poussa table et cadeaux et la licorne put se coucher. C'était un superbe animal. Sa corne annelée était d'un blanc poli. Assise à ses côtés, Isabelle caressait tendrement sa longue crinière.

— La licorne a très faim, dit Isabelle.

— Que veut-elle? questionna la grand-mère qui n'en revenait pas de voir une licorne dans son salon.

— N'importe quel fourrage lui ferait plaisir, transmit la jeune fille.

— Du fourrage! C'est que je n'étais pas préparée à recevoir une licorne!

— On pourrait toujours lui apporter des céréales, suggéra Jocelyne.

Monsieur Perreault apporta une boîte de céréales. En un clin d'œil, la licorne avait tout dévoré, y compris le carton.

— Elle a vraiment très faim, remarqua le grand-père.

Tous les fruits et les légumes de la maison y passèrent. Plus de carottes, plus de navets, plus de choux, plus d'oranges ni de pommes, de tomates ni de brocoli, ni même de radis. Grand-maman Perreault réussit à sauver quelques pommes de terre en les cachant dans sa chambre. Cette licorne était un vrai gouffre. Elle venait de ruiner les menus des trois prochains jours.

— La licorne vous remercie, dit Isabelle. Maintenant, elle va dormir car elle est très fatiguée.

Alain et Claude regardaient toujours la licorne d'un air incrédule. Ils craignaient d'être victimes d'un mauvais rêve.

— Impossible! dit Claude. C'est scientifiquement impossible. Les plus grands savants, les érudits les plus célèbres, tous vous le diront. La licorne n'est qu'une invention, une fable, un mythe. C'est un animal de légende. Devrait-on croire les légendes? C'est tout à fait impensable! Cette licorne ne peut exister. Dans quelques instants, je vais me réveiller dans le monde logique que je connais: un monde où les licornes n'existent pas.

Alain, lui, n'avait jamais été aussi sobre.

— J'avais promis de ne plus boire si je voyais une licorne. Je tiendrai promesse. Désormais, je serai le modèle même de la sobriété. Non seulement, je ne toucherai plus jamais à l'alcool, mais finis le café, les champignons, les escargots, les fruits de mer et le glutamate. Dorénavant, je mènerai une vie simple, dépouillée. Je ferai du sport et je me garderai en forme. Un nouvel Alain Perreault est né!

Monsieur Perreault ne ménageait pas sa joie de l'imprévu.

— Quelle aventure! dit-il. Non mais quelle aventure! Une licorne! Une vraie licorne! C'est fantastique! Je suis en train de vivre un moment historique. Je suis le seul grand-père au monde dont la petite-fille parle à une licorne.

Il ressentait beaucoup de fierté. Nathalie jugeait plus sommairement la situation.

— Les licornes existent. La preuve est sous nos yeux. Toute délibération est superflue. Isabelle avait raison.

Madame Perreault était à la fois contente et un peu ennuyée. Contente de savoir Isabelle heureuse, ennuyée de voir l'espace que prenait la licorne. Elle craignait surtout pour son tapis. Et puis qu'importait! On ne voit pas une licorne tous les jours.

Jocelyne se rappelait vaguement ses cours d'obstétrique. Depuis dix ans, elle n'avait pas fait d'accouchement et se demandait si elle pourrait aider la licorne le moment venu.

— J'ai faim, dit monsieur Perreault. On pourrait manger. La licorne ne s'envolera pas.

— Et les cadeaux? questionna Claude.

— Après le repas! répondit monsieur Perreault. Eux non plus ne s'envoleront pas.

○

Tous assis sur le sofa, ils contemplaient la licorne qui dormait. Les babines du splendide animal frémissaient à chaque respiration.

— Quel beau spécimen pour la science, dit Claude. Les savants passeront des années à l'étudier. Ils produiront des centaines d'articles scientifiques. Nous saurons tout sur la licorne. Et quel merveilleux reportage pour la télévision!

— La science, on s'en fout, rétorqua Alain. L'important, c'est l'argent. Cet animal doit valoir quelques millions de dollars. Assez pour que chacun de nous puisse vivre dans la richesse jusqu'à la fin de ses jours. On devrait s'en parler sérieusement et le vendre au plus offrant. Il faut tirer profit de la situation.

— L'argent n'est pas tout, reprit Claude. Il serait intéressant de comprendre le processus physico-biologique qui permet à cet animal de communiquer. Sa corne doit agir comme une antenne et émettre des ondes. La licorne est peut-être capable de communiquer à des dizaines de kilomètres. En ce moment même, elle saisit peut-être nos propos. Pour en être certains, il faudrait la disséquer. On verrait si des nerfs communiquent avec la corne. On pourrait aussi étudier le développement de son cerveau.

— Je me demande, poursuivit Alain, combien vaut sa corne. Après tout, cet animal nous rapporterait peut-être plus mort que vivant.

Isabelle était horrifiée. Elle comprit que la licorne ne pourrait pas rester parmi les hommes très longtemps.

— Les hommes ont toujours chassé les licornes, dit Isabelle. Des milliers de licornes sont mortes. Les hommes leur arrachaient leur corne. Ils la réduisaient en poudre et s'en servaient comme médicament. À peine une dizaine de licornes ont échappé au massacre.

— Très passionnant! commenta Claude. La même histoire se répète de nos jours en Afrique aux dépens des rhinocéros. Des braconniers les tuent et coupent leur corne qu'ils revendent en Orient à des prix fabuleux. De nombreuses espèces animales disparaissent chaque année. L'homme moderne détruit la nature plus que jamais. C'est un véritable massacre que dénoncent vigoureusement les mouvements environnementalistes. Il est extraordinaire que les licornes aient pu survivre en se cachant pendant des siècles; elles ne pourront plus le faire très longtemps. Pour assurer la survie de cette race, il faudrait donner cette licorne et son rejeton à un zoo. Ainsi, à l'abri de la méchanceté humaine, nourries et soignées par des experts, les licornes pourraient vivre encore longtemps. Pour la majorité des animaux sauvages, les zoos sont devenus le dernier refuge, l'unique chance de survie.

— Il n'en est pas question, protesta Isabelle. Dès que la licorne aura eu son petit et qu'elle se sentira mieux, elle nous quittera. Nous n'avons pas le droit de la retenir. Je le lui ai promis.

— Quelques millions de dollars devraient te faire oublier tes promesses, dit Alain.

— As-tu signé des papiers? Es-tu passée devant un notaire? demanda Nathalie.

— Non! répondit Isabelle.

— Alors tu n'as rien promis. Aucun tribunal ne pourrait te condamner. Et puis, la licorne est un animal. Elle n'est donc pas un justiciable. Je dirais même plus, c'est un meuble au sens du Code civil. N'aie aucune crainte, aucune licorne ne peut te traîner en justice.

Isabelle se tourna vers sa grand-mère.

— Ils plaisantent, dit-elle. Nous allons respecter ta promesse. Il n'est pas question que nous vendions la licorne.

— Je suis d'accord! dit Claude. Nous devons nous élever au-dessus des questions d'argent. C'est notre devoir de donner cette licorne à la science.

Il n'y avait pas là de quoi rassurer Isabelle et encore moins la licorne.

○

Minuit approchait lorsque la licorne se réveilla. Elle trouva à ses genoux une botte de foin. Monsieur Perreault avait été la chercher chez Wilbert. La licorne y brouta un peu. Puis, on lui apporta un seau d'eau, qu'elle vida en deux lampées. Isabelle s'approcha d'elle et toucha sa corne.

— Elle se prépare à avoir son petit, transmit Isabelle. La licorne aimerait rester seule avec Jocelyne et moi. La présence de tant d'êtres humains l'intimide.

— Bon! dit monsieur Perreault en se levant. Allons jouer au pool au sous-sol.

Claude, Alain et Nathalie lui emboîtèrent le pas. Georgette resta en haut et proposa son aide à Isabelle.

— Je pourrais faire bouillir de l'eau et préparer des draps propres. Je me rendrais utile.

La licorne ne s'y opposa pas.

○

Du sous-sol, on entendit un long hennissement plaintif. Claude manqua son coup. La boule blanche passa à deux pouces de sa cible.

— Puis-je recommencer? demanda-t-il. Le cri de la licorne m'a dérangé.

— Pas question! répliqua Alain qui voyait la victoire à sa portée.

Lui aussi manqua lamentablement son coup. Monsieur Perreault s'approcha de la table. L'une après l'autre, il envoya six boules dans les poches.

— Voilà! dit-il en souriant.

Il venait encore une fois de gagner. Nathalie le félicita.

— Vous êtes une vraie terreur!

— Il suffit d'un peu d'habileté et d'une grande expérience, dit modestement le champion.

— Venez! leur cria Isabelle. La licorne veut vous montrer son petit. C'est un futur étalon.

On se précipita dans l'escalier. Arrivés dans la cuisine, ils purent voir la licorne étendue dans le salon. Près d'elle, un petit poulain se tenait maladroitement sur ses pattes.

— Comment trouvez-vous le petit licorneau? questionna Jocelyne.

— Mais il n'a pas de corne, s'étonna Claude. On dirait un banal poulain.

— Voyons Claude! répondit Isabelle. Est-ce à toi qui sait tout qu'on doit expliquer que les licornes sont comme les chevreuils, les orignaux, les chèvres et qu'elles naissent sans corne? Ce n'est que beaucoup plus tard que la corne apparaît.

C'était logique. Claude ne put qu'en convenir. Il s'en voulut de ne pas y avoir pensé. Décidément, Isabelle connaissait beaucoup de choses sur les licornes. Où avait-elle puisé toute cette science?

Alain se taisait. Il avait l'intention de demander à un de ses amis, marchand d'animaux exotiques, combien valaient les licornes.

Le petit licorneau se frotta contre Isabelle.

— Il s'appellera Isabeau jusqu'à ce que sa corne pousse, expliqua-t-elle. À ce moment-là, il se choisira un nom secret qu'il ne révélera qu'à la licorne qu'il épousera. Les licornes vivent plus longtemps que les hommes et certaines plus de deux cents ans. La corne ne pousse que vers leur quarantième année.

— Où as-tu appris toutes ces choses? questionna Claude.

— C'est la licorne. Elle m'a révélé beaucoup d'autres choses que je ne peux raconter. Ce sont des secrets.

Claude avait devant lui l'experte mondiale en matière de licornes. Cette jeune fille possédait des connaissances millénaires, oubliées à jamais des hommes.

— Tu devrais écrire tout ce que tu sais, conseilla Claude. Sinon, tu risques de l'oublier. Ce serait une perte affreuse pour l'humanité.

— Je ne l'oublierai jamais, répondit Isabelle. La licorne m'a montré comment utiliser ma mémoire. Et il n'est pas question que je dévoile des secrets.

Le licorneau trébucha et tomba sur le tapis. Isabelle l'aida à se relever.

— Il est à peine né qu'il sait déjà marcher. Comme les animaux apprennent vite! remarqua grand-papa Perreault.

Le maladresse du petit licorneau était charmante. Il avait une grosse tête ronde et de grands yeux. Son pelage blanc, long et touffu se teintait de mauve. Dans le salon, il avait chaud car la nature l'avait équipé pour vivre au froid. Il s'approcha de sa mère et se mit à téter goulûment.

— L'événement est extraordinaire, dit monsieur Perreault. Il faut fêter ça!

Le grand-père d'Isabelle déboucha une bouteille de champagne. Tous se servirent sauf Alain qui opta pour un verre d'eau...

— Je porte un toast à la santé des licornes! clama monsieur Perreault.

— À la santé des licornes! reprit en chœur toute la famille Perreault.

Puis on décida de déballer les cadeaux. La licorne et son petit assistèrent à la cérémonie, aux joies, aux embrassades, aux rires. C'était bien la première fois qu'une licorne voyait une fête chez les hommes et elle dut convenir qu'ils étaient peut-être moins méchants qu'elle ne le croyait.

Fatigués et épuisés par les péripéties de cette dure journée, on ne tarda pas à se souhaiter bonne nuit. Mais bien peu dormirent. Claude et Alain se disputèrent le téléphone pendant qu'Isabelle et ses grands-parents se livraient à un long conciliabule secret.

La licorne resta seule avec son petit. Elle attendit un peu, puis se leva. Depuis qu'elle était dans la maison, elle avait remarqué une belle grande plante verte dans un coin du salon. Elle s'en approcha et se mit à brouter. C'était délicieux. Elle se demandait pourquoi les humains ne la lui avaient pas offerte. Ils avaient dû oublier.

Vers cinq heures du matin, Isabelle apparut. Elle s'était habillée et marchait sur la pointe des pieds. La licorne ne dormait pas. Elle léchait son petit et le flairait avec plaisir.

— Vous devez partir, confia Isabelle à la licorne. Le froid est passé. On prévoit un temps plus doux pour aujourd'hui. Grand-papa a mis une dizaine de bottes de foin près des épinettes. C'est pour vous. Il en mettra d'autres si vous en avez besoin. Ne vous montrez surtout pas!

La licorne chercha dans le cerveau d'Isabelle la raison de cette fuite. Elle finit par comprendre que l'oncle Claude se proposait de les envoyer au zoo et que l'oncle Alain se préparait à les vendre pour trente millions de dollars à une compagnie cinématographique.

— Il ne faut pas leur en vouloir, dit Isabelle. Ce sont des êtres humains et ils ne comprennent pas les licornes.

90

Ils ne savent pas que, privées de votre liberté, vous mourrez.

La licorne se leva et vit Georgette. Sans un mot, la grand-mère aida Isabelle à ouvrir la porte-fenêtre. La licorne et son licorneau sortirent. Le temps s'était adouci. Isabelle les suivit. Madame Perreault referma la porte et la verrouilla. Puis, mine de rien, elle nettoya de fond en comble le salon et jeta les restes de la plante verte. Lorsqu'il ne resta plus la moindre trace du passage des licornes, la grand-mère d'Isabelle retourna se coucher.

8

La revanche
d'Isabelle

Vers sept heures, grand-papa Perreault se leva. Il s'étira longuement, fit ses exercices matinaux, puis il constata l'absence des licornes. De la fenêtre de la cuisine, il regarda la forêt d'épinettes. La neige s'était remise à tomber. Il devinait qu'il ne reverrait plus ces splendides animaux.

Quelqu'un monta les escaliers. Paul Perreault ne se retourna pas.

— Les licornes ont disparu! cria Alain après avoir fait le tour du salon.

Il était complètement désemparé.

— Papa, as-tu vu les licornes?

— Quelles licornes?

— Celles qui étaient dans le salon!

— Des licornes dans le salon? Tu dois encore rêver. Va te recoucher et reviens-nous à jeun. A-t-on idée de boire si tôt le matin!

Alain resta sans voix. Un important homme d'affaires devait venir chercher les deux licornes. Alain et Nathalie avaient préparé le contrat de vente avant de se coucher. Tout était prévu. Plus de dix pages de textes juridiques, cinquante articles et d'innombrables alinéas. Un travail colossal. Ils n'avaient pratiquement pas fermé l'œil de la nuit.

— Papa, je parle des licornes! Celles qui étaient dans le champ et que nous avons amenées à la maison. Je les ai vendues trente millions de dollars. Nous sommes riches! Plus de quatre millions de dollars pour chacun de nous!

— Moi, dit monsieur Perreault, je suis heureux de ce que j'ai.

— Quatre millions, papa! C'est de l'argent, beaucoup d'argent!

— Je ne dois rien à personne, répondit Paul Perreault.

Il y eut de nouveau des bruits de pas dans l'escalier.

— Bonjour!

C'était Claude. Lui aussi fit le tour du salon comme s'il y avait perdu quelque chose de très précieux.

— Où sont-elles?

— Où sont qui? demanda monsieur Perreault.

— Les licornes!

— Ma foi, dit le grand père, vous vous êtes donné le mot. De quelles licornes parlez-vous?

— Des deux licornes que nous avons hébergées hier soir. J'ai communiqué avec le responsable du Biodôme de Montréal. Je l'ai rejoint chez lui, en plein réveillon. Un camion doit venir les chercher dès ce matin.

— Et combien cela te rapporte-t-il? s'informa Alain.

— Rien! Je le fais pour la science.

— Pauvre con! Moi, au moins, je le fais pour trente millions de dollars.

— Vous vous disputez pour des chimères, dit Paul Perreault. Tout le monde sait que les licornes n'existent pas.

— Que dites-vous là, monsieur Perreault! s'offusqua Claude. Savez-vous que la Bible mentionne sept fois le mot licorne? Qu'Aristote et Pline l'Ancien se portèrent garants de son existence? Même Jules César, le grand général romain, crut en voir une dans la Forêt Noire! Et, preuve encore plus éclatante, pas plus tard qu'hier soir, moi-même, Claude Dubois, j'en ai vu une, ici même, dans ce salon! Et, malgré ces faits irréfutables, j'ai dû mettre toute ma crédibilité en jeu pour convaincre le responsable du Biodôme de mon sérieux. Si les licornes ne sont pas au rendez-vous, je perds la face. Je serai la risée des milieux de protection de la nature!

Monsieur Perreault pouffa de rire.

— En attendant, vous êtes tous deux la risée de la maison. Vous avez pris trop d'alcool. Revenez sur terre.

— L'alcool, dit Alain, je n'en prends plus. Je suis sain de corps et d'esprit.

— Alors, vous êtes victimes d'une hallucination collective, expliqua monsieur Perreault.

Nathalie et Jocelyne arrivèrent toutes les deux du sous-sol. Elles aussi cherchèrent en vain dans le salon.

— Et les licornes?

Paul ne contenait plus son rire. Voilà un temps des fêtes dont il se souviendrait longtemps!

— Vous aussi! Et bien ce n'est pas banal! Vous vous êtes sûrement raconté des histoires avant d'aller vous coucher.

Madame Perreault apparut.

— Maman, dit Jocelyne, les licornes ont disparu.

— Quelles licornes? questionna avec surprise la grand-mère d'Isabelle.

— Celles qui étaient couchées dans le salon! répondit Jocelyne, interdite.

— Leur présence nous a prouvé leur existence, rappela Nathalie.

— Moi je ne vois aucune licorne, dit Georgette d'un air soupçonneux. Pensez-vous que j'aurais laissé des animaux entrer dans mon salon? Jamais de la vie! Ils auraient tout sali. J'ai l'impression que vous me montez un drôle de bateau. Vous savez pourtant que je ne suis pas facilement dupe.

— Isabelle! s'exclama Claude. Elle doit savoir où elles sont.

Claude, Jocelyne, Nathalie et Alain se précipitèrent dans la chambre d'Isabelle. Elle était vide.

— Isabelle, dit madame Perreault, est partie se promener dans les épinettes.

Tous les quatre se regardèrent. Dehors la neige tombait, de plus en plus dense.

— Allons-y, dit Alain. Nous devons retrouver ces licornes!

En descendant la butte, Claude trébucha et roula en bas de la côte. En sortant la tête de la neige, il entendit le rire cristallin d'Isabelle. Elle avait tout vu et se tordait de rire. Alain s'approcha vivement.

— Les licornes! dit-il. Où sont-elles?

Isabelle riait trop pour répondre. Son oncle Claude avait de la neige partout, même dans les narines. La jeune fille parvint à contrôler son rire. Elle s'essuya les yeux. Son oncle Alain insistait toujours.

— De quelles licornes, parles-tu? finit-elle par répondre.

— Celles que je me préparais à vendre pour trente millions de dollars. Tu es riche Isabelle, ta part s'élève à plus de quatre millions de dollars!

Isabelle respira l'haleine de son oncle. Elle ne détecta aucune trace d'alcool et se demanda s'il n'était pas devenu fou.

— Va-t-on m'expliquer de quoi il parle?

— Il parle des licornes, dit Claude. Celle que nous avons hébergée hier soir et son petit qui est né dans le salon.

Visiblement, Isabelle ne comprenait rien.

— Il est important qu'on les retrouve, expliqua Claude. Ma crédibilité en dépend! Un camion doit venir les chercher pour les emmener au Biodôme de Montréal où elles seront en sécurité. Les scientifiques pourront les étudier à loisir et les humains apprendront à les respecter.

— Si quatre millions ne te suffisent pas, plaida Alain, on peut te donner plus. Nous pouvons diminuer nos parts. Dans le fond, c'est toi qui les a découvertes. Tu pourrais recevoir quinze millions. Nous nous partagerions le reste.

— Vous êtes complètement fous, dit Isabelle. Les licornes n'existent pas. C'est vous-mêmes qui me l'avez dit.

— Vingt millions! proposa Alain. Allez, vingt millions, c'est beaucoup d'argent!

— Tu pourras aller les voir, reprit Claude. Tu auras une clef spéciale pour entrer dans leur enclos. Le Biodôme est même disposé à t'offrir un emploi à vie pour t'occuper des licornes. Tu les rencontreras tous les jours. Tu pourras leur parler, les caresser, les nourrir. Tu pourrais même passer à la télévision. Tu entreras dans l'histoire des sciences biologiques par la grande porte.

— Vingt-cinq millions! dit Alain. Tu ne vas quand même pas cracher sur vingt-cinq millions de beaux dollars.

— Si tu le désires, on ajoutera ton nom à tous les articles scientifiques. Tu deviendras une sommité internationale. Les savants du monde entier t'écriront pour connaître tes opinions ou pour avoir la permission d'approcher les licornes. Tu seras invitée aux plus grands congrès scientifiques.

— Très bien! dit Alain. Les trente millions sont à toi. Mais tu devras me donner dix pour cent pour mes services professionnels. Tu dois quand même payer mon travail. C'est la moindre des choses!

— Sans compter, poursuivit Claude, que cette licorne attirera de nombreux touristes. C'est toute l'économie de Montréal, du Québec, qui en bénéficiera. Grâce à toi, des centaines de chômeurs se trouveront un emploi pour faire vivre leur famille et redevenir utiles à la société.

Isabelle fit la sourde oreille.

— Vous êtes tous les deux fous, dit-elle. Les licornes n'existent pas. Ce sont des animaux mythiques inventés par les troubadours du Moyen Âge pour agrémenter leurs contes. Si vous voulez que j'y croie, vous n'avez qu'à m'en montrer une. Le fardeau de la preuve est de votre côté, pas du mien.

Elle quitta le groupe et monta la butte.

Interloqués, Claude et Alain se regardaient.

— Nous sommes rivaux dans l'affaire, dit Alain, mais rien ne nous empêche d'unir nos efforts pour retrouver les licornes.

Tous deux se lancèrent aux trousses des licornes. Jocelyne et Nathalie leur emboîtèrent le pas. Trois heures plus tard, les deux couples sortaient du boisé, fatigués.

— Rien, dit Claude. Pas la moindre trace! C'est désespérant!

— La neige ne nous aide pas. Une armée de licornes pourrait se cacher sans qu'on la soupçonne.

— Aurions-nous rêvé? questionna Jocelyne.

Elle n'eut aucune réponse. Cette histoire était si bizarre que le doute s'installait peu à peu.

Les oncles et les tantes d'Isabelle n'étaient pas sitôt rentrés que la sonnette de la porte tinta. Un gros monsieur muni de papiers à signer demanda à parler à Claude. À l'extérieur, un camion attendait.

— Je viens pour la jument et le poulain, expliqua le chauffeur.

Des yeux, Claude implora Isabelle. Celle-ci prit un air innocent et se dirigea vers sa chambre. Elle désirait se changer pour dîner.

Après une brève discussion et l'échange d'un chèque, le chauffeur monta dans le camion et reprit la route.

— Faute de licornes, je m'étais engagé à payer le transport, expliqua Claude. Cette histoire m'a coûté près de cinq cents dollars. Un beau cadeau de Noël!

— Pourquoi as-tu payé? railla Alain. Tu n'avais qu'à te prétendre victime d'un coup monté, faire l'innocent. Le chauffeur serait retourné bredouille. En payant, tu avoues ton crime.

Nathalie approuva de la tête.

— J'ai donné ma parole, expliqua Claude. Je me dois de la respecter. J'ai des principes.

— Attends que le représentant de la firme Walt Disney apparaisse avec son chèque de trente millions. Regarde-moi faire l'innocent! Tu verras comment un être intelligent se tire d'affaire.

En effet, le représentant se montra un peu plus tard et Alain fit une brillante démonstration de mauvaise foi.

— Des licornes? dit-il. Mais ces animaux n'existent pas! Ce sont des légendes. Des créatures de bandes dessinées. Comment avez-vous pu croire une pareille fadaise? Je ne sais pas qui est le responsable, mais il doit bien rire.

Alain fixa Claude.

— Est-ce toi, Claude?

— Moi?

Claude était éberlué. Le représentant de Walt Disney lui lança un regard soupçonneux. Décidément, Alain savait s'y prendre.

○

L'atmosphère du dîner fut presque surréaliste. Alain remarqua l'absence de crudités.

— Normalement, il y a toujours des carottes, des radis, des champignons, du chou-fleur, du céleri à manger en trempette. Pourquoi pas ce midi?

— Je veux que vous ayez de la place pour le dessert, répondit du tac au tac madame Perreault.

Après la soupe on mangea une dinde juteuse. Des regards fusaient vers Isabelle, qui affichait une belle innocence. Personne n'aurait songé à l'accuser de la moindre dissimulation.

L'oncle Claude la fixa longuement. Il déposa fourchette et couteau.

— J'aimerais mettre les choses au clair, dit-il. Oui ou non, y a-t-il eu une licorne dans le salon?

Monsieur et madame Perreault levèrent simultanément les yeux au ciel en signe d'exaspération. Isabelle eut un sourire de dérision.

— Décidément Claude, tu persévères dans la bêtise, répondit Georgette sur un ton sec. Depuis combien de temps me connais-tu?

— Une quinzaine d'années.

— En quinze ans, t'ai-je donné l'impression d'une femme qui reçoit des animaux dans son salon?

— Ma foi, non!

— T'ai-je donné l'impression d'être naïve, portée à croire aux balivernes?

— Au contraire, admit Claude, vous êtes plutôt de nature méfiante. Vous faites preuve d'un scepticisme à toute épreuve, digne d'une scientifique, d'une grande scientifique.

— Alors, écoute bien la grande scientifique: les licornes n'existent pas! Et si elles existaient, je serais la dernière à les inviter dans mon salon. Je suis d'ailleurs très surprise qu'un individu aussi logique que toi puisse s'attarder à de telles fadaises.

Madame Perreault marquait un point. Claude commençait à se trouver ridicule.

— J'ai dû rêver, avoua-t-il à bout d'arguments.

— Il n'est pas le seul, intervint Alain.

— Moi, je ne sais plus, dit Jocelyne. C'est tellement incroyable, tellement irréel.

— J'appuie Jocelyne, dit Nathalie. Nous n'avons aucune preuve de ce que nous avançons. Notre cause ne tient sur rien. Mieux vaut admettre avoir rêvé.

— D'ailleurs, expliqua Claude, je pourrais vous citer de nombreux cas vérifiés d'hallucinations collectives. Ainsi, à Fatima, des milliers de gens affirment avoir vu le soleil danser dans le ciel. Ce qui est impossible, vous le savez bien. Il y a aussi tous ces gens qui jurent avoir vu des soucoupes volantes. Les enquêtes ont toujours démontré qu'ils se trompaient. Certains fans d'Elvis Presley sont prêts à jurer que le King leur est apparu. On pourrait écrire des tonnes de pages sur les hallucinations! Je crois sincèrement que nous venons d'en être le jouet et qu'il faut modestement l'admettre.

Tout le monde approuva. Monsieur Perreault leva son verre.

— Bravo! dit-il. Portons un toast à la victoire du bon sens et de la logique.

— Et à la défaite des sciences ésotériques, ajouta Claude.

Tout le monde trinqua au vin, au lait ou à l'eau. Il ne fut plus question des licornes.

○

Le lendemain, après le départ d'Alain et de Nathalie pour Montréal, Isabelle s'habilla chaudement et alla se promener dans la forêt d'épinettes. Claude eut un doute qu'il chassa aussitôt par un brillant raisonnement logique. Il décida d'oublier à jamais les licornes. Il se demandait d'ailleurs comment il avait pu croire une telle fable. L'esprit des Fêtes et le vin en étaient sans doute les grands responsables!

Le soir, on joua aux cartes. Paul, fidèle à la tradition, perdit dans la joie. La grande gagnante fut Jocelyne. Georgette émit la plainte classique: «On ne me donne jamais de bonnes cartes.» La vie avait repris son cours régulier.

Après une bonne nuit de sommeil, Isabelle fit ses bagages. Elle devait rentrer en ville avec Claude et Jocelyne. Son oncle et sa tante la laisseraient chez sa mère.

Assise sur le siège arrière de l'automobile, elle regardait défiler le paysage. Elle mit la main dans la poche de sa veste de ski et en sortit un long poil blanc. C'était le crin de licorne qu'elle avait trouvé sur une épinette. Elle l'enfouit rapidement dans sa poche. Claude n'avait rien vu; la route accaparait son attention et Jocelyne dormait.

Isabelle se rappela le complot avec ses grands-parents. Elle avait bien fait de leur faire confiance. Grand-papa et mamie avaient superbement joué la comédie. Ils avaient menti, mais pour une bonne cause. Grâce à eux, le secret des licornes serait bien gardé. Isabelle ferma les yeux et se mit à rêver, serrant dans la poche le long crin de licorne. Elle rêva à Isabeau, le licorneau, et à sa noble mère, dont il était interdit de prononcer le nom.

Table des matières

1. Les visions de grand-papa 7
2. Safari dans la neige 17
3. La vieille légende 25
4. Les moqueries d'Alain 35
5. Rêveuse, mais pas menteuse ... 43
6. Isabelle et la licorne 59
7. Une licorne dans le salon 75
8. La revanche d'Isabelle 93

Collection Papillon
Directrice: Linda Brousseau

1. **Le club des Moucs-Moucs**
   Mimi Legault
2. **La nuit blanche de Mathieu**
   Robert Soulières
3. **Une enquête toute garnie**
   Marjolaine Juteau
4. **La clé mystérieuse**
   Marie-Andrée Mativat
5. **Un duel, un duo**
   Lorraine Pilon
6. **Le secret de François**
   Hélène Gagnier
7. **Le pouvoir d'Olivier**
   Marjolaine Juteau
8. **La maison abandonnée**
   Mimi Legault
9. **La vieille maison bleue**
   Micheline Huot
10. **Le temple englouti**
    Susanne Julien
11. **La ruelle effrayante**
    Claire Daignault
12. **Tu peux compter sur moi**
    Jean-François Somain (Traduit en japonais)
13. **Le moulin hanté**
    Susanne Julien
14. **La magicienne bleue**
    Daniel Sernine

15. **Le fantôme du tatami**
    Susanne Julien
16. **Les enfants de l'eau**
    Hélène Gagnier
17. **Rouli-roulant, rouli-roulante**
    Mimi Legault, Prix Raymond-Beau-
    chemin de l'ACELF 1991
18. **Mystères et vieux matous**
    Danièle Desrosiers
19. **L'étrange étui de Léo**
    Hélène Gagnier
20. **Parlez-moi d'un chat**
    Jean-François Somain
21. **Do, ré, mi, échec et mat**
    Vincent Lauzon
22. **Sacrée Minnie Bellavance!**
    Dominique Giroux
23. **Le chevalier de Chambly**
    Robert Soulières
24. **Une idée fixe**
    Céline Breton
25. **Des matières dangereuses**
    Clément Fontaine
26. **Togo**
    Marie-Andrée et Geneviève Mativat
27. **Marélie de la mer**
    Linda Brousseau, Prix littéraire Des-
    jardins 1994 (Traduit en anglais et en
    italien)
28. **Roberval Kid et la ruée vers l'art**
    Rémy Simard, Prix du livre de fiction
    de l'année 1994
29. **La licorne des neiges**
    Claude D'Astous
30. **Pas de panique, Marcel!**
    Hélène Gagnier
31. **Le retour du loup-garou**
    Susanne Julien

32. **La petite nouvelle**
Ken Dolphin
33. **Mozarella**
Danielle Simard
34. **Moi, c'est Turquoise!**
Jean-François Somain
35. **Drôle d'héritage**
Michel Lavoie
36. **Xavier et ses pères**
Pierre Desrochers
37. **Minnie Bellavance, prise 2**
Dominique Giroux
38. **Ce n'est pas de ma faute!**
Linda Brousseau
39. **Le violon**
Thomas Allen
40. **À la belle étoile**
Marie-Andrée Clermont
41. **Le fil de l'histoire**
Hélène Gagnier
42. **Le sourire des mondes lointains**
Jean-François Somain (Traduit en japonais)
43. **Roseline Dodo**
Louise Lepire, finaliste au Prix littéraire Desjardins
44. **Le vrai père de Marélie**
Linda Brousseau
45. **Moi, mon père...**
Henriette Major
46. **La sécheuse cannibale**
Danielle Rochette
47. **Bruno et moi**
Jean-Michel Lienhardt
48. **Main dans la main**
Linda Brousseau
49. **Voyageur malgré lui**
Marie-Andrée Boucher-Mativat

50. Le mystère de la chambre 7
Hélène Gagnier
51. Moi, ma mère...
Henriette Major
52. Gloria
Linda Brousseau

Imprimé au Canada

 **Imprimeries
Transcontinental inc.**
DIVISION MÉTROLITHO